BONNE NUIT

PHILIPPE GUILLAUME

authorHOUSE®

AuthorHouse™ UK
1663 Liberty Drive
Bloomington, IN 47403 USA
www.authorhouse.co.uk
Phone: 0800 047 8203 (Domestic TFN)
        +44 1908 723714 (International)

Published by AuthorHouse 12/21/2019

ISBN: 978-1-7283-9691-0 (sc)
ISBN: 978-1-7283-9690-3 (e)

Une journée très fatigante, je n'arrive pas à dormir.

Je prendrai "Bonne nuit".

J'ouvre une page au hazard

Une histoire courte mais intéressante

Et ça me fait changer d'avis

Léger, léger, très léger,
Un vent très faible passe,
Et c'est parti, toujours très léger.
Et je ne sais pas ce que je pense
Je n'essaie même pas de le savoir.
(Alberto Caeiro, hétéronyme de Fernando Pessoa)

J'oublie ma mauvaise journée

Je m'endors.

On se voit demain

Ancien diplomate belge à la retraite, j'ai écrit ces
histoires en portugais en Algarve de 2018 à 2019
Je remercie Inès Barros pour sa patience et son aide....

PRÉFACE

Je suis arrivé dans ce monde et j'ai passé mes premières années à Pékin. Ensuite, j'ai vécu dans plusieurs capitales en tant que diplomate belge.

Maintenant, je suis heureux au Portugal avec moins de quinze ans pour atteindre un âge à trois chiffres.

J'ai écrit ce livre avec des histoires courtes en portugais: plus tard je les ai traduites en anglais et en français. Où ai-je trouvé ces histoires? Dans ma mémoire et ma propre vie: c'est impressionnant de lire le même événement dans différentes langues: chacune a eu son interprétation. En tant que diplomate, j'ai remarqué la même chose lors des réunions d'aujourd'hui.

Les problèmes mathématiques étranges appartenaient également à ma mémoire. J'en ai encore d'autres si jamais je décide d'écrire un autre livre.

Le livre cherche l'invasion dans votre cerveau après une longue journée et transforme la surpopulation de problèmes dans un monde de peu de solutions avec une vie simple. Vous retrouverez air frais et sensibilité.

J'ai ajouté «pour les adultes» comme différence avec les contes de fées. Un enfant, qui pense plus loin qu'un conte de fées, est le bienvenu.

philippe guillaume

INDEX DU CONTENU

1

Il est cinq
heures et cinq minutes

J e suis avec des amis et ils disent que l'heure officielle
est cinq heures.

Mais ma montre indique cinq heures et cinq
minutes. Qui a raison? Ma montre est ma meilleure amie.
Elle vit à côté de moi jour et nuit. Elle ne se plaint jamais.
Quand je la regarde, elle m'ouvre les bras. Elle ne médite que
quatre fois par jour, les mains fermées : à six heures et demie,
à midi, à dix-huit heures et à minuit. Il est évident qu'elle a
toute mon affection et ma confiance. Elle n'a aucune raison
de me mentir. Si elle me donne le temps, c'est pour m'aider.
C'est grâce à cette aide que je sais ce qui se passera dans cinq
minutes à l'heure officielle.

Quelle est l'heure officielle? Je ne lui fais pas confiance.
Je ne connais pas son propriétaire. Je ne sais pas si c'est
honnête. Pourquoi ne donne-t-elle jamais la même heure
que ma montre? Vous voulez que tout le monde soit en
retard? Qui vous paie pour garder la population en retard
de paiement? C'est criminel.

Mais pour réfléchir, n'est-ce pas l'idée même de l'horloge
qui est fausse? A Rome, le jour solaire est divisé en douze

heures. La première heure commence au lever du soleil. La septième heure commence à midi.

Et la douzième heure se termine au coucher du soleil. Puis, en hiver, les heures sont plus courtes qu'en été. C'est donc un système solaire naturel et écologique.

Cela n'a pas empêché Rome de créer le plus long empire de l'histoire de l'Europe.

2

L'histoire de Sir Winston Churchill et de Sir Alexander Fleming

Fleming est un fermier pauvre du sud-ouest de l'Écosse. Un jour, il entend des cris d'un marais voisin. Il court et sauve un garçon qui se noyait. Il aide le garçon à se réchauffer et le ramène à la maison.

Le lendemain, le père va voir l'homme qui a sauvé son fils. Il voulait le remercier et récompenser son courage. Fleming répond qu'il n'a rien fait d'extraordinaire et que ce qu'il a fait est normal.

À ce moment-là, le fils de Fleming entre dans la maison. Il voit le garçon et lui offre la même éducation qu'à son fils. Fleming était d'accord. Les deux garçons vont ensemble à la même école. Fleming finit à l'école de l'hôpital Notre Dame de Londres.

Cet homme est Sir Randolph Henry Spencer Churchill et son fils Sir Winston Churchill. Le fils de Fleming est Sir Alexander Fleming, l'homme qui a découvert la pénicilline.

Sir Winston et Sir Alexander ont été amis toute leur vie.

À un moment donné, Churchill a attrapé une pneumonie et c'est ce nouveau médicament qui vient d'être découvert, la pénicilline, qui lui sauve la vie.

Fleming meurt en 1955 à l'âge de 74 ans, et Churchill mourra à 91 ans. Ils ont été enterrés dans le même cimetière à Londres.

(Il y a des gens qui disent que cette histoire est un mythe).

3

Les couleurs
des églises

En Europe du Nord, le problème des églises était
de maintenir une température agréable en hiver.
A l'époque des églises romanes, avec de petites
églises et de petites fenêtres, c'est facile.

Plus tard, la nécessité d'églises plus grandes se fait
sentir : mais, en même temps, beaucoup de gens quittent
le pays pour les croisades. Les croisades ont été un
moment important pour l'Europe. C'est la première fois
que l'Europe se manifeste en dehors du continent. Les
contacts sont établis avec les orthodoxes à Constantinople
et avec les Musulmans. Avec ces deux populations, les
Croisés ont vu des civilisations différentes et une culture
générale plus développée.

Concernant les fenêtres, l'Orient introduit la technique
des verres colorés.

Cela permet d'introduire, avec la lumière du soleil,
les lumières rouge, jaune, verte et bleue dans l'église.
Et, ainsi ces nouvelles grandes églises semblent plus
agréables,. C'est à ce moment que les églises gothiques
ont été construites. Elles sont plus étroites mais reçoivent

des tapisseries de laine pour maintenir la chaleur. Ces tapisseries représentent des personnages de la Bible.

Peu à peu, l'idée de poursuivre l'histoire décrite dans la tapisserie sur le verre est introduite. Le verre est taillé de manière à représenter des personnages qui appartiennent à la même histoire. C'est ainsi qu'ont commencé les vitraux.

Aujourd'hui, les églises n'ont plus de tapisseries et elles sont chauffées. Les fenêtres ont des vitraux. De nouveaux vitraux aux couleurs artificielles apparaissent, sans la profondeur des anciens vitraux aux couleurs naturelles.

4

Le miroir et le reflet qu'il révèle

Dans la civilisation occidentale, le reflet d'une image dans un miroir est une application de règles physiques.

Dans la tradition persane, la réflexion est une partie importante de l'image. Ainsi, à Ispahan, il y a un palais appelé le Palais des Quarante Colonnes. Mais ce palais n'a que vingt colonnes, qui se reflètent sur la surface de l'eau d'un bassin proche.

En Inde, le Taj Mahal reflète également son architecture dans l'eau. Ce temple a été construit par un architecte persan.

Le mariage persan est très délicat. Nous sommes dans sa maison. Le futur mari est avec les invités dans une chambre. Elle, la future femme, est seule dans une petite pièce. Elle est déjà assise avec sa robe de mariée. Devant, sur une petite table, un miroir reflète le visage de la femme. Mais le miroir est placé de telle sorte que la première chose que le mari verra est le reflet du visage de la femme.

Et pourquoi cela? Parce que le visage de la femme est beau, très beau. Et il ne peux pas la voir sans se brûler les yeux. De même, le soleil est beau et nous ne pouvons pas le voir sans brûler nos yeux. Mais on peut voir son reflet sur la lune. Puis le mari se retourne pour voir son visage dans le miroir.

Ce n'est qu'après avoir vu le reflet dans le miroir que le mari verra le vrai visage. (qui est horrible!)

5

L'arithmétique du désert

Deux amis, Hossein et Hassan, reviennent du marché. Hassan est heureux parce qu'il a acheté un chameau. En marchant, il pense à la veille. Il avait parlé au vendeur des autres chameaux. Un chameau était déjà en vente depuis un certain temps et semblait souffrir, il a demandé s'il vivrait longtemps. Un autre chameau a été blessé à la jambe arrière droite. La température est élevée, l'humidité aussi. Le chameau est heureux et Hassan est fier et heureux.

A un moment donné, Hossein entend du bruit. Il s'approche. Hassan aussi.

Il y a trois hommes qui se disputent intensément.

Qu'est-ce qu'il se passe? demanda Hossein.

Notre père est mort hier, qu'Allah le miséricordieux et compatissant le reçoive au ciel, répondit l'aîné. C'est très triste.

Après quelques minutes, il continue. Il y a quelques jours, il nous a réunis et nous a dit : "Je vais mourir dans quelques jours et je vous demande d'exécuter mes dernières volontés. J'ai des chameaux depuis de nombreuses années. Ils sont 35 et en bonne santé.

J'aimerais que la moitié du troupeau appartienne à mon fils aîné. Je souhaite qu'un tiers du troupeau aille à mon deuxième et un neuvième à mon dernier".

C'est ce qui est en discussion.

Hossein pense et pense. Un moment, il se tourne vers Hassan et lui dit :

Hassan, je sais que tu aimes ton nouveau chameau. Mais je veux que tu donnes ce chameau aux trois frères. Allah le Miséricordieux et compatissant t'en remerciera.

Hassan est triste mais ne veut pas aller contre la volonté d'Allah. Et il donne le chameau aux frères.

Hossein compte la moitié du troupeau, 18 chameaux, et les donne au fils aîné. Il les reçoit et s'en va, louant Allah. Puis Hossein donne un tiers, 12 chameaux, au deuxième fils. Le deuxième fils les prend et s'en va, louant Allah. Enfin, Hossein donne un neuvième, 4 chameaux, au dernier fils. Il les prend et s'en va, louant Allah.

En ce moment, Hossein dit à Hassan qu'Allah est heureux et te laisse ton chameau et te donne un second chameau. Hassan reçoit les deux chameaux et loue Allah.

6

January

1

La fête annuelle des mois

Chaque année, la fête des mois a lieu au paradis.

Les mois portent leurs meilleurs vêtements - neige pour certains, fleurs pour les autres. Les dieux de l'antiquité aident les chrétiens à nommer de nouveaux mois. C'est pourquoi certains mois ont les noms des dieux antiques.

Février n'est jamais heureux. Il n'a que 28 jours. Lea autres ont trente ou trente et un jours.

Chaque année, Février va voir Janvier pour demander une journée. 'Ce n'est pas possible. Je suis le premier mois de l'année », explique Janvier. "Je dois avoir l'air d'être riche avec d'autres calendriers."

Alors Février va voir Mars. «Ce n'est pas facile car je dois aider pendant les dernières semaines de l'hiver et, en même temps, préparez Pâques et les œillets pour le 25 Avril », a déclaré Mars

Mai n'est pas très aimable. Il dit qu'un jour de moins au cours du mois le plus agréable de l'année est impossible

Juillet dit à Février qu'il est le mois de Jupiter, le roi des rois, et ils ne peuvent pas avoir moins de trente et un jours.

Août est le fidèle ami de Juillet.

Octobre nettoie les poubelles d'été et a besoin de chaque jour pour terminer le travail. Et il sait aussi ce qui se passe le 5 octobre!

Novembre rit de Février 'Es-tu sérieux?'

Décembre est le mois de Noël et la fin de l'année.

Trente et un jours, c'est peu.

Et Février va à sa place.

C'est pourquoi Février est un mois froid et triste. Chaque année, la même histoire se répète sans trouver de solution.

Ils disent qu'un vent très fort viendra un jour soulever le calendrier. Un homme avec une épée de feu redessinera le calendrier. Ce jour-là, Février sera heureux pour toujours et à jamais.

7

Pantalon

L e premier pantalon est apparu en Chine à l'époque du roi Wu De Zhao en 375 avant Jésus Christ. C'est une copie du pantalon des chevaliers turco-mongols. A cette époque, beaucoup de femmes portaient des pantalons et les hommes des jupes.

Au Japon, le kimono était traditionnel mais les samouraïs portaient des pantalons. Les Grecs et les Romains ont gardé la toge jusqu'à ce qu'ils voient que le pantalon était plus pratique pour se battre. Au IIIe siècle, ils ont tous adopté le pantalon pour l'équitation.

Au Moyen Âge, les vêtements étaient compliqués par des pantalons longs. Les pantalons modernes apparaissent au 19ème siècle et sont définitivement adoptés en 1830 pour les hommes.

Au XIXe siècle, le pantalon apparaît comme un symbole d'émancipation de la femme. Pendant les deux guerres mondiales, les pantalons ne sont autorisés que pour les femmes qui font le travail des hommes. Certains artistes sont également autorisés à les porter.

Il faut attendre la fin de la Seconde Guerre mondiale pour que l'on accepte que les femmes vivent en pantalon. En 1970, ils sont définitivement acceptés en Occident. Puis, le pantalon a été progressivement adopté dans des pays hors d'Europe.

En Occident, il y a maintenant une règle en matière de vêtements de travail pour femmes. Et, aussi, les femmes et les hommes portent des pantalons ou des jeans ou des pantalons de travail.

8

Hier

Où est "hier"? Je ne sais pas, je ne sais pas. Vous n'êtes pas dans cette pièce? Probablement pas. Disons que non. Donc "hier" n'est pas dans une pièce, "hier" est-il un meuble?

Je ne sais pas, je ne sais pas. La table a dit non. La chaise a répondu de la même façon.

"Hier", où es-tu? Personne n'a répondu.

"Hier", où es-tu? Personne n'a répondu.

S'il n'est pas dans une pièce, s'il n'est pas un meuble. Qu'est-ce que c'est?

Un animal? Non!

Moi, le temps, j'ai toujours dit : un passé, jamais un avenir et pas maintenant.

J'ai été le temps? Oui, mais j'ai vécu sans le temps.

N'était-il pas absurde de vivre ainsi? Dieu m'a donné cette vie. J'ai accumulé la mémoire de chacun dans mon passé : la vie des rois et du peuple portugais.

Et aussi ma vie en Algarve. Hier, j'ai déjeuné dans un petit restaurant à Loulé, avec des tapas et du vin. Puis je suis retourné chez moi et j'ai travaillé. J'ai dû lire différents livres pour utiliser les pensées d'écrivains célèbres. J'ai diné d'une soupe et d'un verre d'eau.

Mes pensées sont en toi, mon lecteur. Tu savais que c'était hier? Et que les minutes nécessaires à la lecture de ce texte appartiennent au passé? Le temps n'existe pas, seulement notre mémoire.

9

L'art de la guerre (Sun Tzu)

Quelques idées de ce livre peuvent être rassemblées comme suit:

Celui qui comprend l'autre est sage;

Celui qui se connaît lui-même est récompensé;

Celui qui triomphe des autres est fort;

Celui qui triomphe de lui-même est puissant; Qui sait comment être satisfait est riche;

Celui qui s'oblige à agir doit en avoir la volonté; Celui qui ne perd pas sa place continue;

Celui qui meurt sans disparaître est éternel.

Ces idées sont simples mais correctes.

Celui qui a une intelligence semblable à celle de la foule n'est pas digne d'être un général d'un pays.

Je pense que c'est correct, mais une personne qui est devenue un leader responsable pense différemment, parce que face à des problèmes de nature différente, il faut une vision plus générale que celle de la foule.

Le bien suprême: être comme l'eau. L'eau est bénéfique pour tous et n'est rivale à rien; elle est dans les profondeurs méprisées de chacun. C'est pourquoi il est proche du Tao.

Rien n'est plus faible que l'eau. Rien ne le surpasse en solidité et en force.

Les soldats victorieux sont comme l'eau : rien n'est plus faible et plus malléable que l'eau. Mais c'est sous leur action que les montagnes et les falaises sont minées. C'est parce qu'avec sa nature particulière, elle peut être particulièrement efficace.

Il est vrai que l'eau est forte, qu'elle change facilement et qu'elle est la richesse d'un pays et des hommes.

10

Les syndicats

La Belgique a été le premier pays européen à être secoué par la révolution industrielle au début du XIXe siècle. L'expansion industrielle colossale du pays le plonge dans des conditions de vie et de travail déplorables. Il y a une pauvreté terrible dans le pays, sans aide juridique et sans employeurs résistants. Les syndicats sont interdits.

Les travailleurs organisent des unions professionnelles, des coopératives, la mutualité.

C'est une façon de contourner l'interdiction d'avoir des syndicats. Et aussi pour aider en cas de maladie ou de chômage.

Peu à peu, la situation s'améliore et les premiers syndicats belges voient le jour en 1857.

Bientôt, les participants ont été divisés en socialistes et chrétiens. Le Parti ouvrier belge (POB) a vu le jour en 1885. Mais le Manifeste du Parti communiste de Karl Marx a été rédigé à Bruxelles en 1848, neuf ans avant la création de la première union.

Les autres pays européens font de même.

En 1868, un grand congrès est organisé en Grande-Bretagne et la création de l'union est décidée. En

Grande-Bretagne, la vie du syndicat est très proche de celle du parti travailliste.

En Allemagne, c'est Bismarck qui a aidé le mouvement social en 1881. Mais les syndicats ont la concurrence du Parti social-démocrate, qui suit une politique plus souple.

Aujourd'hui, il est bien organisé et constitue une force dans le pays.

En France, la tradition syndicale est plus idéologique. C'est après la défaite de la Commune en 1870 que le mouvement ouvrier a dû fermer ses portes. Ce n'est que quelques années plus tard, lorsque les républicains ont dépassé en nombre les monarchistes, que la nouvelle vie syndicale a commencé.

11

La bouteille de vin

Toutes les bouteilles de vin peuvent contenir jusqu'à 75cl de vin. Pourquoi?

C'est une décision étrange. Les autres bouteilles contiennent un litre ou un litre et demi. Il existe une tradition de 75cl. par bouteille depuis quelques siècles et cela s'est normalisé au 19ème siècle.

Après cela, plusieurs théories circulent. Pour certains, c'est la capacité pulmonaire de l'homme qui fait gonfler le verre. Pour d'autres, il s'agit de la capacité de consommation moyenne d'une personne pendant un repas.

D'autres disent que c'est la meilleure façon de conserver le vin. Enfin, ils disent que c'est un moyen de transport plus facile.

Je pense que la chose la plus importante est la qualité du vin. Un vin qui s'approche du vinaigre ne vaut pas une belle bouteille avec une étiquette artistique : c'est une façon de tromper le client frauduleusement. Un bon vin en bouteille normale est une agréable révélation à une bonne fourchette.

Le bouchon dans la bouteille est également important parce qu'une bouteille de vin doit être conservée couchée. C'est pour cette raison qu'il y a un contact direct entre le vin et le bouchon. Les bouchons de liège sont les meilleurs. Le Portugal est le premier exportateur de ce produit. Dans le cas des vins bon marché, d'autres pays utilisent des bouchons en plastique. Ce sont des vins pour un an.

En conclusion, la consommation d'alcool est une science du bien-être et de l'équilibre général. Ne pas boire peut ombrager un personnage triste et ce n'est pas bon pour la santé. Un peu de vin donne paix et tranquillité : c'est bon pour les amis, la famille et la santé.

12

Calouste Gulbenkian

Gulbenkian est né le 23 mars 1869 à Scutari (aujourd'hui Üsküdar), Istanbul. Il étudie à Marseille, Varna et Londres au département des sciences appliquées. Il se rend ensuite à Bakou pour étudier le pétrole et écrit un livre intitulé "La Transcaucasie et la péninsule d'Apchéron - Souvenirs de voyage".

Avec des articles écrits pour la Revue des Deux Mondes, il commence sa réputation d'expert en matière de pétrole. C'est pourquoi le gouvernement lui demande de rédiger un rapport sur les champs pétroliers de Mésopotamie.

Pendant la Première Guerre mondiale, il a travaillé en France sur les questions pétrolières : c'est lui qui a permis au traité de San Remo (1920) de confier l'administration des intérêts de la Deutsche Bank à la France plutôt qu'à l'Angleterre.

En 1928, Gulbenkian a joué un rôle très important dans les négociations sur la division de Turkish Petroleum Co., aujourd'hui Iraq Petroleum Co. Ce rôle était si important que les entreprises pétrolières (BP, CFP, Near East Development Co. et la Royal Dutch and Shell Group) qui ont reçu, chacun,

23.75% du capital, ont accordé à Gulbekian 5% du capital. C'est pourquoi on l'appelle M. 5%.

Pendant la Seconde Guerre mondiale, il reste à Paris. Mais comme la situation commence à se compliquer, il décide de s'installer au Portugal. à peine arrivé à Lisbonne à l'hotel Avis, le plus cher de Lisbonne Ensuite le PVDE transporte Gulbekian dans un fourgon cellulaire à la prison centrale de Lisbonne. L'intervention d'un ambassadeur ami, qui a décidé d'alerter le Ministère des Affaires étrangères, a permis à Gulbenkian de sortir de prison. Ce qui est intéressant, c'est qu'il n'y a pas un document de cette aventure qui n'a pas été détruit.

Salazar ne l'a pas vu. Gulbenkian reste à Lisbonne. La dernière partie de sa vie a été consacrée à l'art. La Fondation qu'il a créée est chargée de gérer sa fabuleuse fortune à "des fins charitables, artistiques, éducatives et scientifiques".

Calouste Gulbenkian meurt à Lisbonne le 20 juillet 1955.

14

La balle de golf

Nous sommes deux balles de golf amies : Bola et Labo. Nous parlons beaucoup des joueurs. Ceux qui jouent pour la première fois sur le terrain de golf pensent qu'ils connaissent le jeu, mais ce n'est pas suffisant. Ils ne connaissent que les règles et sont une source d'irritation pour les autres. La première règle qu'ils ne respectent pas est de respecter les autres joueurs.

La façon dont la balle est jouée est si différente d'un joueur à l'autre qu'on rit quand on est rangé dans le sac de golf la nuit.

Si le lendemain nous avons un joueur avec beaucoup d'expérience, nous sommes heureuses. C'est complètement différent : il connaît les règles et sait où lancer la balle. C'est un plaisir. Mais il y a un prix à payer : il frappe la balle plus fort. Il joue donc moins souvent parce qu'il sait où lancer la balle. Quand on tombe dans le trou, le joueur est content. Il nous sort du trou avec plaisir.

Nous avons une peur terrible d'être perdues. Souvent, ils peuvent même nous jeter hors du terrain, au milieu d'une végétation hostile, par temps froid, sous la pluie. Comme c'est horrible! Et il n'est pas rare que nous y restions quelques jours. Mais il y a pire : tomber dans l'eau pendant des mois, seules, sans amis, avec des poissons étranges. Et c'est une lente décomposition dans l'eau. A cette époque, nous pensons que la personne qui a joué avec notre existence n'est pas gentille du tout. Elle ne nous a pas aidés à sortir de l'eau. C'est une personne cruelle. Le seul mot que j'entends est : oh!

Je suis heureux quand il pleut beaucoup, parce que c'est difficile de jouer les mains pleines d'eau. C'est ma revanche contre les joueurs cruels.

15

Les Rothschild
et la bataille
de Waterloo (1815)

L a bataille de Waterloo se poursuit : qui va gagner?
Est-ce Napoléon qui, après son exil sur l'île
d'Elbe, veut dominer à nouveau l'Europe avec
son armée?

Ou est-ce la coalition de ceux qui s'opposent à lui et
qui est dirigée par Wellington?

Les hommes de Nathan Rothschild sont à Waterloo
et suivent la bataille. À un moment donné, ils voient
que Napoléon a perdu la bataille. Immédiatement, un
cavalier part, passe la Manche dans un petit bateau
rapide affrété par Rothschild et arrive à Londres vingt
heures avant le messager officiel.

Rothschild dit à tout le monde que Wellington a
perdu et que Napoléon a gagné la bataille. Il commence
à vendre en bourse. Les prix chutent immédiatement
de 98%.

Rothschild achète tout à ce prix.

Lorsque la nouvelle de la victoire de Wellington
arrive à Londres, les prix augmentent et Rothschild est
à la tête de l'économie anglaise. L'Angleterre a gagné

l'Europe et Rothschild a gagné l'Angleterre. Le règne anglais commence.

La Russie était du côté anti-Napoléon. Avec ses troupes, le Tsar arrive à Paris pour discuter avec d'autres de l'avenir de l'Europe. Quelques semaines de fêtes et de travail.

Puis, Nathan Rothschild de Londres invente une nouvelle structure financière : la dette souveraine.

Ainsi, un État peut émettre des titres de créance que les banques et les particuliers peuvent acheter. C'est certainement la banque Rothschild qui a vendu les premiers titres de créance anglais. La nouvelle richesse, due aux intérêts perçus, a permis un grand développement de ces dettes souveraines.

Bientôt, avec cette richesse, l'industrie britannique et Rothschild construisirent un nouvel empire hors d'Europe.

Les Russes n'étaient pas très intéressés par le développement. Ils ont commencé plus tard et lentement avec du pétrole du Caucase.

16

L'euro, Y€$

L'euro a une originalité remarquable. Six États, sans guerre, sans pression, ont fondé ensemble la Communauté économique européenne. Ce qui est fascinant, c'est que dans cette organisation, les États ne sont pas unis dans une organisation internationale, mais dans une organisation supranationale.

Cela signifie que le leadership de l'organisation est supérieur à celui des gouvernements.

Il manque cependant quelque chose d'importance: une monnaie

C'est ainsi que, pendant des mois, les banques centrales de tous les futurs membres de la zone euro tentent de mener une politique monétaire commune. La Bundesbank a le rôle le plus important à jouer.

Petit à petit, les pays prennent les mêmes décisions pour leur économie. Le premier acte des gouverneurs des banques centrales a été de lier les différentes monnaies afin de les forcer à vivre ensemble. Et, un jour, les monnaies fonctionnant de concert, les gouvernements décident de faire de l'euro la monnaie de tous.

Aujourd'hui, l'euro fonctionne sans trop de

problèmes si l'on se souvient que l'euro est très jeune. C'est une monnaie plus stable que le dollar ou le yen.

Elle a un rôle particulier : les pays ont un rôle à jouer pour s'entraider. L'euro est un baromètre du degré de démocratie dans l'Union européenne.

17

1958 Exposition universelle et internationale de Bruxelles

L'Expo 58, connue sous le nom d'Exposition universelle et internationale de Bruxelles 1958, s'est tenue du 17 avril au 19 octobre 1958. 42 millions de personnes ont visité l'Expo 58.

Treize ans après la fin de la guerre, l'Expo 58 est la naissance d'une nouvelle ère. Pendant treize ans, la Belgique et l'Europe ont reconstruit les pays détruits pendant la Seconde Guerre mondiale. En même temps, ils pleuraient leurs morts. L'ambiance n'était pas très gaie.

L'Expo 58 arrive.

En quelques heures de visite, on découvre une nouvelle vision du monde avec de nombreuses transformations importantes dans la vie.

Une atmosphère positive s'est manifestée.

Bientôt, des millions d'étrangers sont arrivés à Bruxelles. Les chefs d'État aussi. Ils déjeunent chez le Commissaire général. Un jour, avec le cardinal représentant du Pape, la sauce tomate fut nommée dans le menu de la sauce cardinale. Avec les Soviétiques, la même sauce était appelée sauce rouge.

Certains bâtiments sont restés jusqu'à aujourd'hui. L'Atomium avec des boules de 12 mètres de diamètre. La flèche civile. Et le Spoutnik russe revint en Russie.

Un groupe de restaurants et de bars ouvrent leurs portes au public. C'est célébré, la guerre est enfin surmontée.

Pendant ce temps, j'étais secrétaire particulier du Commissaire général, chef de l'Exposition.

18

Dans une salle de classe

Le directeur vient pour une inspection et parle au professeur. Cette classe est la meilleure de l'école. Le professeur prépare les leçons pendant de nombreuses heures. Il essaie d'éveiller la curiosité des étudiants. Grâce à lui, la leçon suscite un grand intérêt.

Le directeur demande quels sont les plus intelligents. L'enseignant indique que cela dépend de nombreux facteurs. Certains sont meilleurs dans un domaine, d'autres dans un autre.

Le garçon en jaune est excellent dans la littérature portugaise. Aucun bon écrivain portugais n'a de secrets pour lui. Cependant, certains étrangers....

L'histoire de toutes les découvertes portugaises n'est pas un secret pour cette fille en vert. Elle est incroyable. Elle oublie peu de ces histoires.

Celui assis à côté d'elle est notre meilleure chimiste. Elle est fascinée par ces formules, certaines plus difficiles que d'autres. Elle est sûre que c'est la science du futur. C'est là qu'elle a compris tout cela. C'est si fort que personne ou rien ne peut l'arrêter.

Avec beaucoup de travail, le garçon en chemise bleue est notre géographe. Il connaît non seulement les rivières et les montagnes, mais il sait aussi ce qu'il est possible de cultiver, compte tenu du climat. Il y a parfois des critiques, mais souvent des opinions différentes. Ceux-ci résultent de siècles de cultures inchangées. Changer les habitudes n'est pas facile : ceux qui sont prêts à vendre leur terre ont une attitude différente de ceux qui veulent rester. Peu d'entre eux restent et agrandissent la terre de leurs parents : ce sont nos nouveaux gardiens de notre terre. Pour certains, c'est important, pour d'autres, ce sont de vieilles histoires.

Ceux qui connaissent le mieux l'algèbre et les mathématiques sont les deux soeurs assises ensemble : l'une préfère la géométrie, l'autre l'algèbre. Pour elles, tant de chiffres, tant de lettres sont la\transposition simple des problèmes actuels en quelques équations. Tous ces problèmes ont des solutions.

Et enfin, c'est le chat. Il est très intelligent et n'importe qui peut lui parler. C'est notre ami animal, dans une vie tranquille, sans discussions compliquées. Il n'est pas un interlocuteur intellectuel, mais il donne la tranquillité à tous.

Le directeur est impressionné par ce succès et considère qu'il est important pour l'école. Dans un endroit comme celui-ci, une grande attention doit être portée aux choses délicates. Quelqu'un n'est-il pas d'accord?

19

Comment Pedro s'est enrichi

Un jour, Pedro trouva un sou sur le sol. Il s'est penché pour le ramasser.

Il se demandait : "Que dois-je faire de ce sou pour devenir riche?

J'ai eu une idée. Je vais à la ferme du village acheter une pomme.

Quelques minutes plus tard, Pedro est en route pour la ferme. Le temps est beau, le soleil est chaud, Pedro est heureux, pensant à sa future richesse.

Il arrive à la ferme. Il ramasse une pomme qui a l'air bonne. Il demande au propriétaire de la ferme le prix de la pomme. Il a répondu que le prix est d'un cent.

Pedro a immédiatement acheté la pomme.

Il la prend dans ses mains et la nettoie jusqu'à ce que la couleur soit plus belle.

Puis il va au marché. Il vend la belle pomme pour deux cents.

Pedro est heureux. Il retourne à la ferme.

Le propriétaire lui dit : tu a l'air si heureux.

Et Pedro répond: oui, j'ai deux cents et je veux acheter deux pommes.

Avec les deux pommes, il va au marché et les nettoie toutes les deux.

Il vend les deux pommes pour quatre cents. Quelle fortune! Vous pouvez économiser de l'argent en peu de temps.

Et c'est au cours de ce voyage que Pedro a appris qu'il a hérité et est devenu très riche.

20

Duisburg,
Allemagne en 2019

En 1856, les premiers restes de l'homme de Néandertal ont été retrouvés.

45 km plus au nord. Nous sommes à Duisburg, une ville ancrée dans le 21ème siècle. La ville se trouve sur le Rhin, en aval de Düsseldorf, au centre de la Ruhr.

Dans la gare se trouve un grand restaurant chinois.

Pourquoi est-ce que c'est comme ça? Et pour qui?

Aujourd'hui, Duisburg est la porte d'entrée de la Chine en Europe occidentale.

- Duisburg est le plus grand port intérieur du monde et le plus important centre de transport et de logistique en Europe.

- Duisburg est le terminal européen de la BRI - la Belt and Road Initiative. L'année dernière, en 2018, 35 trains de marchandises arrivaient de Chine chaque semaine. Cela correspond à environ 6 trains par jour. On s'attend à ce que ce nombre augmente rapidement pour atteindre 40 trains par semaine.

- Une fois à Duisburg, les produits sont expédiés en France, en Suisse, en Italie et en Allemagne. Sur les conteneurs se trouvent les logos chinois : Cosco, China shipping, UES.

- Le délai de livraison pour la Chine et l'Europe est de 45 jours. En train, cela prend 13 jours et bientôt 10 jours.

- 200 000 m2 de bureaux seront développés pour 100 entreprises chinoises et un centre commercial chinois pour l'Europe qui coûtera 260 millions d'euros.

21

Le Père Noël

Autrefois, c'était Saint Nicolas de Michée (270-343), un ami des enfants, qui est venu dans les maisons le 6 décembre avec un sac plein de bonbons. Le 25 décembre est le jour de la naissance du Christ.

C'était, à l'époque romaine, la fête du Sol Invictus : le jour officiel du solstice d'hiver. Cette année, 2018, à la latitude de Lisbonne, ce sera à 7.03/h le 22 décembre. Comme cela change chaque année, l'empereur a fixé la date au 25 décembre. Le culte du soleil a été utilisé pour unifier l'empire.

C'est le premier empereur chrétien, Constantin, qui fonda Noël le même jour que celui du culte du Soleil Invictus, donnant ainsi l'impression que le Christ était la manifestation du Soleil Invictus.

Petit à petit, la fête de Saint-Nicolas ne suffit pas et une deuxième fête commence le jour de Noël.

Mais la fête de Saint-Nicolas est restée. La distribution des jouets a lieu aux deux jours. C'est aujourd'hui le cas en Belgique, en Allemagne, au Luxembourg, aux Pays-Bas et dans le nord de la France.

Saint Nicolas est vêtu de rouge et de blanc depuis que Coca-Cola a utilisé cette couleur pour sa publicité.

Mais le Père Noël ne vient pas seul. Il est accompagné par le croque-mitaine qui punit ceux qui se comportent mal.

Une fois, j'ai laissé une petite chaussure rouge dans la cheminée.

Quand les enfants sont arrivés, j'ai dit que Saint Nicolas avait oublié sa petite chaussure.

À l'école, tout le monde parlait de ce que saint Nicolas lui avait donné.

Presque tout le monde disait que Saint Nicolas n'existe pas. Les autres ont répondu que ce n'est pas vrai parce qu'il est entré dans la maison et a oublié une petite chaussure dans la cheminée.

La tradition de Saint-Nicolas et du Père Noël appartient aux pays européens chrétiens.

22

Démocratie
et approfondissement
de la science

À la fin du XVIIIe siècle, la civilisation changea brusquement avec la révolution industrielle.

Une riche bourgeoisie se développe et place ses enfants dans de bonnes écoles puis dans de bonnes universités. C'est une nouvelle richesse.

En quelques années, les différentes sciences ont commencé à se développer. Bientôt, de nouvelles universités ont été construites dans différents pays. Ces universités ont besoin de nouveaux professeurs. La "production" des enseignants augmente.

À l'heure actuelle, ces enseignants commencent à élargir la portée traditionnelle de leur science.

Le travail augmente. Ils ont besoin d'aide. Si l'enseignant est dynamique, d'autres aides seront recrutées. Pour assurer la relève, de nouveaux étudiants sont nécessaires.

Plus le groupe est large, plus le champ de recherche est vaste.

Cependant, si le champ de recherche s'élargit, cela implique que ce domaine scientifique particulier, que les étudiants comprennent en quelques heures, devient un chapitre important et probablement plus complexe à comprendre pour les étudiants.

C'est ainsi que la science s'est développée et que les chercheurs élargissent et approfondissent les connaissances des gens. Aujourd'hui, elle s'approfondit de façon exponentielle et nous ne savons pas où elle va s'arrêter.

23

Le marché du diamant

Le marché du diamant appartient aux diamantaires. La société sud-africaine De Beers est la plus importante société d'extraction et de vente de diamants au monde.

Deux fois par an, De Beers invite à Londres les négociants en diamants qu'il connaît. De Beers apporte des sacs. Mais chaque sac est fermé et personne ne l'ouvre. De Beers remet à chacun un sac et la facture correspondante. Les vendeurs paient et partent. Un diamant est pesé en carats (0.20gr).

Tout le monde va à la Bourse diamantaire d'Anvers.

La Bourse diamantaire d'Anvers est une construction unique. Elle est construite avec une petite cour intérieure. Pour entrer dans la bourse, vous avez besoin d'une carte spéciale. Seuls les membres de la bourse la reçoivent.

Quand le marchand revient de Londres, il monte à son bureau. Le bureau est une petite pièce, avec une table et une chaise. Et le plus important, c'est qu'il y a un grand coffre-fort pour les diamants.

Avant d'ouvrir le coffre-fort, le diamantaire

ouvre le sac et découvre la qualité et la quantité des diamants. Il garde ceux qui l'intéressent. Les autres diamants seront vendus à la bourse. Et c'est ainsi que chaque vendeur, petit à petit, garde les diamants qui l'intéressent.

Ensuite, chacun établira le contact avec les clients habituels.

Pendant la guerre froide, les Soviétiques ont demandé aux Britanniques de ne pas rendre public le nombre de diamants russes entrés dans le pays, car cela pourrait révéler que les Russes avaient besoin d'argent. Les statistiques anglaises et européennes n'ont donc utilisé qu'une seule ligne pour les importations totales en provenance de tous les pays.

Si les diamants passaient par Londres, la bourse d'Anvers était le centre des ventes.

24

La femme

L'Église catholique a décrété que les femmes sont, pour Dieu, égales aux hommes. A la Renaissance, l'idée des Romains réapparut.

Après la dernière Grande Guerre, les Etats ont besoin de main d'oeuvre parce que beaucoup d'hommes sont morts. Les premiers immigrants sont arrivés. Mais les gouvernements décident d'éduquer les femmes à l'école, dans les écoles techniques et dans les universités.

En même temps, ils inventent des outils pour faciliter la vie des femmes : chauffage au gaz ou au fuel, micro-ondes, aspirateurs, etc. Ainsi, les femmes ont plus de temps pour travailler dehors.

Peu à peu, tout le monde considère qu'il est normal de voir des femmes travailler à l'extérieur de la maison.

Et en même temps, la pilule arrive sur le marché. Pour la première fois, c'est la femme qui décide de sa vie. On parle de l'indépendance des femmes.

Elles se sentent libres.

Une étude plus approfondie a révélé que la situation des femmes n'est pas si facile.

Le mariage se passe bien et ils travaillent tous les deux.

Le mari laisse rapidement les responsabilités de la maison à sa femme.

Comme elle dit qu'elle est libre, son mari l'est aussi. Le premier enfant arrive et tout commence à changer. A un moment donné, la femme décide de quitter cette vie. C'est le prix de la liberté. Cela signifie travailler, s'occuper seule de sa maison et de ses enfants.

Et l'homme est libre.

Je pense que la vie des femmes est terrible et celle des hommes est facile.

25

La Révolution des oeillets (1974)

Quelle était la situation au Portugal à l'époque? Ce sont les derniers mois des années du gouvernement de Salazar. Ces années sont marquées par la forte personnalité de Salazar : profondément catholique, rigoureux et n'admet pas la corruption, dédié à garder le Portugal comme quand il a commencé son gouvernement.

Pour le gouvernement, maintenir l'existence du Portugal face à la politique étrangère était nécessaire pendant la guerre civile en Espagne; c'est pourquoi Salazar a choisi Franco, qui a respecté l'existence et l'indépendance du pays. La gauche espagnole pensait à un pays ibérique.

Pendant la Seconde Guerre mondiale, Salazar préfère l'alliance avec l'Angleterre car la flotte anglaise garde la liberté sur les océans ce qui, au Portugal, permet de maintenir des liens avec les colonies. En même temps, le lien avec l'Angleterre donna à Franco un lien avec Londres qui fut d'une grande aide pour les Espagnols.

Après la guerre, le Portugal a rejoint l'OTAN. A

cette époque, le Portugal maitrise toutes ses colonies et devint donc fort contre l'Espagne.

La politique économique du professeur d'économie Salazar suit les vieilles idées de garder le pays dans le même état qu'il l'a reçu, en disant que le progrès économique n'est pas son problème, mais celui de la prochaine génération. C'est pourquoi 40% des gens ne savent pas lire, le niveau de l'alimentation est bas et les gens sont très pauvres. Salazar savait qu'une telle politique n'était pas possible en Europe avec des économies dynamiques.

La politique intérieure est caractérisée par un système qui existe en Espagne, en Allemagne, en Russie, de police stricte et de services secrets, le PIDE : beaucoup de gens suivent la Route des Prisons dans le monde lusophone et se retrouvent à Tarrafal (Cap-Vert). Cette partie de la politique de Salazar est la pire et constitue un point très sombre. A cause de cela, son excellente politique étrangère est cachée et n'a pas bonne réputation. Cette politique a permis de maintenir l'indépendance du pays à une époque de grandes turbulences en Europe.

Avec la mort de Salazar et d'un Caetano sans autorité, la population et l'armée veulent une autre vie et la liberté. C'est ainsi que l'armée est arrivée dans les rues de Lisbonne, suivie par la population. Les oeillets sont distribués à l'armée. Caetano, le successeur de Salazar, quitte le gouvernement, s'enfuit à Madère, puis en Amérique latine.

Une autre vie commence au Portugal.

26

La Convention de Tauroggen (30 décembre 1812)

Napoléon revient de Russie. Parmi ses troupes il y a l'armée prussienne.

Beaucoup d'officiers ont abandonné son armée pour rejoindre les Russes. Le général Carl von Clausewitz en fait partie.

A un moment donné, le général Ludwig Yorck von Wartenburg, qui est en charge des Prussiens, contacta le commandant des troupes impériales russes, le général Hans Karl von Diebitsch. Il veut signer un armistice avec les Russes.

Et quand le maréchal français Mac Donald se retire devant les Russes, Yorck était encerclé. Il hésite à sortir de force et commence à négocier un armistice avec Clausewitz. En même temps, il envoie Wilhelm Henckel von Donnersmarck comme messager pour informer le roi. Le roi est à Berlin et il doit passer par Königsberg, où se trouve le commandement français.

La Convention de Tauroggen, signée par Diebitsch et Yorck, neutralise le corps de l'armée prussienne sans le consentement de son roi. La frontière orientale de la Prusse n'est plus défendue. L'annonce de cet accord est applaudie en Prusse.

Le roi de Prusse n'ose pas approuver directement cet acte, rappelle Yorck et veut le traduire devant une cour martiale. Yorck refuse et déclare qu'il est temps de retrouver liberté et honneur. Il se déclare un vrai Prussien.

Enfin, par le traité de Kalisz du 28 février 1813 entre la Russie et la Prusse, il crée une coalition contre Napoléon. Ce traité confirme les décisions prises à Tauroggen. Yorck est acquitté et crée l'Union de Kalisz. Bien que dirigée contre la France, cette convention est rédigée en français.

C'est à partir de ce moment que la Prusse a commencé à saisir son histoire de ses propres mains en commençant à s'opposer à Napoléon.

27

L'uranium pendant la Seconde Guerre mondiale

Au moment de la Seconde Guerre mondiale, le Congo belge possédait les plus importantes réserves exploitées d'uranium au monde. L'uranium était affiné à Hoboken/Olen, dans le nord de la Belgique. La société chargée du raffinage était l'Union Minière du Haut Katanga (UMHK).

Henri Buttgenbach, métallurgiste belge à l'Union Minière, a découvert des métaux inconnus: cornétite, antariérite, cuprosklodowskite et toreaulite.

Peu avant la guerre, Edgar Sangier, administrateur de l'UMHK, a commencé à envoyer de l'uranium aux États-Unis d'Amérique. C'était une opération compliquée et seulement la moitié a pu être envoyé en Amérique.

Les Allemands sont arrivés en Belgique et ont découvert l'autre moitié. Les ingénieurs allemands proposèrent à Hitler de l'utiliser. Hitler a refusé, disant que ça ne marcherait pas.

A Washington, Sengier a envoyé une lettre au Département d'Etat l'informant de la présence d'uranium en Amérique. Le département d'État n'a pas répondu. Une deuxième lettre est également restée sans réponse.

Sengier demanda à Einstein d'aller voir le président Roosevelt. Le président le reçoit le 2 août 1939 et, enfin, accepte d'examiner la demande Pour Enrico Fermi, l'ingénieur nucléaire américain, c'est une décision très importante. Fermi a été nommé au comité consultatif sur l'uranium et a travaillé à la construction des deux premières bombes atomiques. Ce projet s'appelle le projet Manhattan.

C'est étonnant que les deux chefs de guerre, Hitler et Roosevelt, n'aient pas pensé que la bombe atomique était une arme très importante. Sans Einstein qui a persuadé Roosevelt, Manhattan n'existait pas.

28

Vacances

C'était des vacances après la fin de la Seconde Guerre mondiale. Il y a eu beaucoup de morts, beaucoup de calamités et beaucoup de maisons bombardées. Personne n'était heureux. Le centre allemand et mondial de fabrication de jouets de Nuremberg a été bombardé. J'ai quitté l'école avec des amis et nous avons dit que les vacances étaient un moment fantastique. Qu'est-ce qu'on devait faire? Nous vivions à Paris. Les temps étaient durs. Nous avions besoin de tickets pour acheter du pain, du lait et de la viande tout en payant un prix très élevé.

Je suis belge et les autres membres de la famille ont vécu à Bruxelles très facilement, et sans ticket. Comment puis-je me rendre à Bruxelles? Voiture ou train?

En voiture, j'avais besoin de cinq ou six pneus de secours parce que leur qualité était mauvaise et le risque d'avoir des problèmes était grand. Comme il fallait de l'espace pour les bagages, les pneus étaient sur le toit de la voiture. A la frontière, la douane française a fouillé les valises et la voiture. Ensuite, nous traversions la frontière et la douane belge fouillait à nouveau les valises et la voiture. Ce n'est qu'ensuite que nous sommes allés à Bruxelles.

En train, la frontière était plus compliquée. Nous avons commencé dans un train français jusqu'à la frontière. A la frontière, nous avons dû quitter le train avec les sacs et les ouvrir à la douane. La police a vérifié les documents. Puis, avec les valises, nous allions à pied en Belgique. La douane et la police belges ont encore une fois tout vérifié. Enfin, dans un train belge, nous sommes allés à Bruxelles.

Le processus était le même, qu'il pleuve ou qu'il fasse beau.

D'une façon ou d'une autre, il nous a fallu cinq ou six heures pour y arriver. Maintenant ça prend cent minutes, sans la douane.

29

La Russie, amie ou ennemie de l'Europe?

C'est une question très sensible et très importante.

L'opinion générale est basée sur des références culturelles importantes.

Ainsi, dans la littérature, l'Occident aime beaucoup les écrivains russes Dostoïevski, Tolstoï, Pouchkine, Gogol, Soljenitsyne et autres.

En musique, les plus grands compositeurs le sont : Rachmaninov, Scriabine, Khachaturian, Tchaikóvsky, Moussorgski et Rimsky-Korsakov. Il y a aussi les célèbres écoles de ballet Kirov et Bolchoï.

En peinture, les peintres d'icônes médiévaux (Rubliov est le plus connu); les plus modernes : Malevitch, Chagall, Kandinsky, Rublev et autres.

Ces artistes et leurs oeuvres sont considérés comme faisant partie intégrante du patrimoine européen.

C'est beaucoup, mais ne suffit pas pour considérer les Russes nos amis.

30

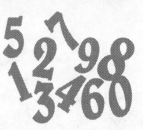

Numérotation

Je suis avec un ami, Peter, au cours de maths. C'est très compliqué. Je demande des explications à Peter. Il ne le sait pas non plus. Le professeur donne une explication que je ne comprends pas.

Mais Peter et moi voulons une explication claire.

La solution est d'écrire une lettre à un ami.

Et le problème commence immédiatement."

Nous sommes en 2019.

Peter me dit d'indiquer la date de l'examen. C'est l'année prochaine. Puis je prononce à haute voix : Février deux zéro deux zéro.

Dans la lettre, Peter dit que je dois écrire mon année de naissance. Puis j'écris : je suis né en deux zéros et deux zéros.

Peter ne comprend pas.

Il demande : "Es-tu né l'année prochaine? C'est une situation étonnante et, qui sait, explosive et dangereuse. Comment demander des papiers d'identité?

Je ris. Cela montre la différence entre l'oralité et l'écriture. Les Romains disent les mots volent et les écrits restent. Et pourquoi je dis ça?

À haute voix, il est difficile de voir la différence. Mais sous forme écrite, il y a une différence.

Quand j'écris l'année 2020, les quatre chiffres sont au singulier parce qu'ils sont quatre chiffres distincts deux (2) zéro (0) deux (2) zéro (0).

Quand j'écris l'an 2000, j'écris deux chiffres distincts : deux et zéro. Puis j'écris le zéro deux fois.

C'est donc deux (2), zéro (0), deux (2) zéros (2x0).

C'est une bonne chose. Mais il est déjà 20h20, vingt heures et vingt minutes et allons dîner.

(inspiré par Philippe Geluck : le Chat)

31

La science, l'art

La science de l'art, l'art de la science ou l'empreinte de l'homme sur la nature.

L'art a ses codes, ses manières d'utiliser l'imagination de l'homme.

Peinture, sculpture, écriture, architecture, chant, instruments de musique, vêtements et arts mixtes.

La science a ses codes, ses manières d'utiliser l'imagination de l'homme. Microscopes, télescopes, instruments de mesure très variés, métaux, bois, ondes. Transmission de données, armement divers.

On se regarde, on s'examine; certains font le pas et laissent leur empreinte artistique et scientifique se dessiner. Leonard de Vinci est l'exemple le plus merveilleux.

La science et l'art aiment l'infiniment grand, l'infiniment petit.

Est ce que l'homme domine l'art et la science ou est-il leur exécutant. Qui a l'idée du nouveau : l'homme ou ce qui lui permet d'exercer son art, sa science? Peut-être que quelques hommes dominent l'art et la science. Probablement très peu. Ceux-là sont les maîtres du monde.

Ils ne vivent pas dans le temps, ni dans l'espace. La mort n'est pour eux qu'un passage d'une pièce à l'autre. Ils savent ce que les autres ne savent pas. Entre l'Alpha et l'Omega. La science de l'art, l'art de la science.

32

Le tsar Pierre Ier de Russie

Le tsar Pierre Ier, le tsar le Grand, est né en 1672 et est mort en 1725. Il fut tsar de Russie en 1682 et tsar de toutes les Russies en 1721.

En 1696, il fait le tour de l'Europe et constate le retard de son pays.

Il décide de rapprocher son pays de l'Europe.

Il crée sa nouvelle capitale à Saint-Pétersbourg (plus tard Petrograd, Leningrad et finalement Saint-Pétersbourg à nouveau).

Cette ville portuaire ouvre l'accès à l'Europe par la mer.

En politique étrangère, il se lance dans la Grande Guerre du Nord.

Il s'oppose à l'empire suédois de Charles XII, perd la bataille de Narva, mais écrase les Suédois à Poltava en 1709. La guerre prend fin avec le traité de Nystad.

C'est le tsar qui est à l'origine de la vision européenne de la Russie.

Ami ou ennemi de l'Europe? L'historiographie considère que Pierre Ier a abordé l'Europe comme un ami. Aujourd'hui, on dira qu'il a fait de l'espionnage économique : ennemi.

*****

La tsarine Catherine II de Russie (régna de 1762 à 1796)

Le tsarine Catherine II a régné pendant 33 ans et fut, après Pierre le Grand, le souverain le plus en vue de la Russie. Elle a cherché à développer la Russie.

Elle a suivi la Prusse, avec l'Autriche, pour diviser la Pologne en trois étapes. C'est une ennemie.

33

L'Ensemble Huelgas

L'ensemble "Huelgas" est connu dans le monde entier. La direction musicale est assurée par le chef d'orchestre Paul van Nevel. Paul est le meilleur connaisseur de la polyphonie portugaise et franco-flamande (Bourgogne). Ce sont les Franco-Flamands qui ont jeté les bases de la musique polyphonique. La base est la technique de l'imitation.

Ces compositeurs ont travaillé dans les cours de Bourgogne et de Charles Quint et ont influencé l'Europe et le Portugal. C'est au Portugal que la musique polyphonique prend une importance considérable dans la vie de la cour royale et dans la vie des écoles.

Ainsi, quelque 2000 oeuvres de compositeurs portugais sont publiées à Lisbonne par Peeter van Craesbeeck, élève du célèbre typographe anversois Cristoffel Plantijn.

Les partitions sont écrites en portugais, espagnol, français et latin.

D'habitude, les paroles sont chantées avec une musique joyeuse. Mais la chanson "Quiem viese a quel dia", d'Anonymus, est écrite en portugais avec des paroles pleines de nostalgie. C'est peut-être l'ancêtre du fado, aussi une chanson nostalgique.

34

La plage

La plage est un endroit qui sépare la mer de la terre. La mer est influencée par les courants marins, les vents et les marées. Ce sont des influences qui parfois s'additionnent, parfois s'annulent. Par exemple, la marée, haute et basse, est liée à la force gravitationnelle de la lune et de la terre et est inversée toutes les six heures et douze minutes.

Aux équinoxes (nuits et jours de même durée), la marée est plus grande : l'eau monte plus avec la marée haute et descend davantage à la marée basse. Lorsque la mer est entourée d'un détroit, les mouvements de marées peuvent conduire à des courants violents.

Il y a des courants qui ne changent pas de direction. En général, il s'agit de courants en haute mer qui viennent de très loin à des températures différentes. Il y a aussi les courants fixes le long de la côte.

Les vents forts influencent la forme des vagues. Les navigateurs considèrent de 0 à 15 possibilités de force du vent et utilisent la forme des vagues pour choisir le bon degré de force du vent. La pluie est également importante.

Les vagues frappent la plage plusieurs centaines de milliers de fois par jour avec plus ou moins de force.

La mer garde ses morts et ils sont mangés par d'autres poissons, généralement plus gros.

La plage se compose de rochers et/ou de sable. Les gens vont à la plage pendant les vacances.

Au sommet de la plage, il y a un terrain normal mais généralement avec moins d'arbres parce qu'il y a peu d'arbres qui s'habituent à vivre avec l'air marin. Et ceux qui sont moins sensibles ne grandissent pas autant.

35

Le Koh-I-Noor

Cette pierre est découverte en Inde au XVI siècle. Au cours des deux siècles suivants, il passe des mains du sultan Babour aux Moghols. Puis le Shah Jahan, qui a fait construire le Taj Mahal, le possède. Cependant, les shahs suivants sont des débauchés, le dernier étant Mohammed Shah.

Nadir Shah, shah de Perse s'aperçoit de la situation en Inde et, en 1739, attaque l'Inde, proie facile a prendre. Il faut sept cents éléphants, dix mille chameaux pour transporter en Perse le butin saisi. Mais pas de Koh-I-Noor.

Une concubine de Mohamed Shah révèle que le diamant se trouve dans les plis du turban du shah. Nadir Shah invite alors Mohamed Shah à un festin, lui disant que, malgré sa défaite il reste son égal. Le discours est éloquent et Nadir Shah propose alors, pour souder cette amitié, d'échanger les turbans.

Mohammed Shah n'ose pas refuser. C'est ainsi que les persans ont acquis cette pierre.

A la mort de Nadir Shah, la pierre passe de mains

en mains impériales ou royales, les dernières étant celles de la famille royale britannique. La famille estime que la pierre n'est pas aussi belle que la réputation qui la précède et la fait retailler, mais mal retailler.

(Inspiré par Marie Petitot : Passions royales)

36

Oman

Cet émirat est sans doute un des Etats les plus anciens de la région.

Avec le Yemen, Oman fait partie de l'Arabie heureuse, celle où arbres et fleurs poussent, Muscat est situé dans la région de la vigne. Portugais et Espagnols se sont battus sur ces terres et y ont abandonné des canons.

Vieil Etat? Déjà avant le Christ, Oman était un centre économique et commercial. Ils avaient mis au point des navires de haute mer construits avec des fonds souples, c'est à dire tressés. En dehors du cabotage, les Omanis ont établi un lien fixe en Afrique pour exploiter de façon économique la traite des Africains et des Africaines.

C'est l'île de Zanzibar qui est devenue la plaque tournante. Avec le sultan d'Oman, un co-sultanat est installé. C'est la même famille et les liens sont bons. En utilisant les vents alizés, les Omanis naviguent vers Zanzibar. Pendant ce temps, le sultan de Zanzibar discute avec les marchands d'esclaves. Ceux-ci achètent souvent des prises de guerre, opérées à la fin d'un conflit inter-tribal. Une partie est revendue à un de ces marchands qui les revend au sultan.

La cargaison pleine et les alizés changés de direction, les Omani repartent vers ce qui est aujourd'hui le Pakistan. Les esclaves sont vendus pour de l'argent. Ramené à Oman, l'argent est fondu et transformé. Ceci explique pourquoi les boutiques luxueuses ont des objets en argent.

Vient la Revolution Américaine. Intrigués mais désireux d'avoir des relations avec ce nouveau pays, ils partent. A bord un cheval qui sera offert. La traversée de l'Atlantique se fait sans problème majeur. Le cheval est remis à Washington. Celui-ci, en remerciement, donne un fusil. Ce fusil est maintenant exposé au musée historique d'Oman.

37

Musée

Si le premier musée a été construit par Ptolémée Ier dans son Palais d'Alexandrie vers 280 avant JC., en Europe, c'est à la Renaissance que les premiers musées ont été construits. Certes les romains créent des dépôts en plein air pour y montrer les pillages faits en Grèce. Mais, avec la Renaissance, l'art antique est redécouvert et exposé. Le plus ancien est celui de Munich et, ensuite, celui du Capitole. À Oxford un Musée moderne avec un but éducatif est inauguré en 1683.

Au XIXo une fièvre muséale prend l'Europe.

Entre les deux Guerres mondiales, architectes et conservateurs s'interrogent sur les fonctions du musée. Pour Le Corbusier c'est «une machine à conserver et à poser des oeuvres d'art» et le Centre Pompidou répond à cette attente. Le Bauhaus veut «abattre la barrière qui sépare l'oeuvre de la collectivité locale.» A New York Frank Lloyd Wright construit en 1956 le Guggenheim, oeuvre d'art lui même qui enveloppe le musée. En 1997, Frank Gehry confirme cette nouvelle idée du bâtiment-oeuvre d'art à Bilbao.

Une autre discussion apparaît avec l'art contemporain. Cet art, par definition, vieillit très rapidement. La Joconde a aussi fait partie de l'art contemporain.

Si l'institution achète des oeuvres contemporaines - et elle doit le faire pour soutenir cet art - que faire de ces oeuvres quand elles ne sont plus contemporaines alors qu'il faut faire de la place pour le nouvel art? Certains ont opté pour la formule de la «kunsthalle» qui n'achète aucune oeuvre mais organise des expositions. Du point de vue de l'organisation cela implique une dependance de tiers qu'ils soient collectionneurs privés ou publics, musées d'art contemporain et parfois l'artiste lui même. Le choix est plus vaste, permet une meilleure sélection mais il faut organiser des transports parfois coûteux.

Par contre la collection de l'institution coûte cher à l'achat et offre, probablement moins de choix.

38

Pourquoi
étudier le latin et le grec?

L'étude du latin et du grec a, en Europe, longtemps été réservé aux hommes d'Eglise. Ce sont eux qui apprenaient à lire et à écrire et ce sont eux qui ont maintenu la discipline de l'écriture et de la lecture. La plupart des textes étaient en latin ou, en Europe orientale, en grec. Cela permettait d'éviter de traduire dans les langues nationales les textes religieux.

Avec l'extension progressive de la lecture et de l'écriture, de plus en plus de non religieux apprenaient ces langues. Elles ont permis, à la Renaissance de comprendre les écritures anciennes. Deux sources d'enseignement et de culture se juxtaposent : la cléricale et l'ancienne.

Avec la Renaissance, l'apprentissage de ces deux langues devient obligatoire.

En dehors de la connaissance de ces cultures différentes, l'études de ces langues a profondément influencé la méthode de travail des Européens, puis des Américains de culture européenne. Lorsqu'on est confronté à la traduction d'un texte vers une des langues parlées aujourd'hui en Europe, il est indispensable d'imaginer un monde qui n'existe plus. C'est l'inverse d'une traduction établie aujourd'hui entre deux langues vivantes. Traduire de ou vers une langue ancienne devient donc un exercice où l'imagination est principale.

Autrement dit, on apprend à construire son imagination.

C'est une excellente préparation à l'université

Que va faire le dirigeant de demain, le médecin, l'ingénieur? L'essentiel de son travail est de prendre une décision en fonction du résultat escompté. Il a donc besoin d'avoir été formé à utiliser, à organiser son imagination.

L'économie d'aujourd'hui basée sur le consumérisme, estime ces études superflues et a tort.

D'autres veillent à leur avenir.

Un Chef d'Etat africain m'a dit avoir fait ouvrir des écoles pour garçons et filles avec étude obligatoire de ces deux langues. Pourquoi? Parce que nous sommes confrontés à devoir vivre avec les Européens. Et donc, il est impératif de bien comprendre comment ils réfléchissent. Or, pour comprendre la civilisation européenne, il faut en connaître les racines.

Personnellement, en me rendant à mon poste à Téhéran, j'ai relu l'histoire longue et riche de ce pays mais aussi Xenophon. Et cela m'a permis de comprendre beaucoup.

39

Le lotus

L e lotus est une plante aquatique qui existe dans différentes cultures : lotus indien appelé lotus sacré, lotus oriental (Nelumbo Nucifera) avec symbolisme, lotus bleu d'Egypte (Nymphae caerulea) et lotus chinois.

La nuit, le lotus ferme les fleurs et s'enfonce dans l'eau boueuse. On trouve plusieurs théories avec la fleur liée à la renaissance et au soleil. C'est une fleur sacrée.

C'est la seule plante aquatique dont la fleur ne touche pas l'eau. Pour les

Chinois, de nombreux symboles sont liés au lotus et, outre les qualités esthétiques ou visuelles, les motifs décoratifs ont un sens et une tradition.

Ainsi, selon la variété du lotus, la longévité, la richesse, la chance, l'amour ou tout autre désir est demandé. Les fleurs de lotus jumeaux décrivent la fidélité, l'amour et le bonheur inébranlable d'un couple bien assorti : c'est pourquoi les graines et les racines du lotus jumeau sont utilisées dans les mariages.

Le lotus suggère la vertu de l'homme. C'est un

symbole de pureté et de perfection, un symbole d'été et de fertilité.

Dans la médecine et la cosmétique chinoises, le lotus a sa place depuis plus de 2000 ans. Les propriétés anti-âge sont de plus en plus utilisées.

Dans la plupart des cuisines des zones de culture du lotus, on consomme les graines de lotus. C'est l'un des ingrédients les plus appréciés. Selon la variété de lotus, les graines peuvent avoir des couleurs très différentes.

40

Le christianisme et l'immigration

Le christianisme s'est établi d'une manière remarquable et différente des autres religions. Toutes les autres religions ont un vaste patrimoine : religion, langue, cuisine et peuple. Ainsi, quand on parle de juifs (dans leurs différents courants), de bouddhistes (dans leurs différents courants), de shintoïstes, de chiites (dans leurs différents courants), etc., ce sont des personnes qui ont une relation de sang, une langue, une cuisine et, bien sûr, une religion. Aujourd'hui, on retrouve ces caractéristiques, mais elles sont moins évidentes, à cause du consumérisme qui ignore les habitudes culinaires, de la mondialisation qui conduit aux unions entre personnes de religions différentes.

La religion chrétienne a eu une autre façon de faire les choses et c'est encore le cas aujourd'hui.

L'arrivée de cette religion était basée sur d'autres critères : elle n'est pas un peuple, une langue et, de plus, elle est reçue à tous les niveaux sociaux. Cela reste vrai. L'homme est un être à l'image de Dieu et occupe une place importante dans la religion. Les femmes sont considérées comme égales aux hommes, même si en réalité elles ont un statut inférieur. Ce sont tous des points de crédit pour les chrétiens, qui ne se trouvent pas dans les autres religions.

Pour les autres religions, cette voie chrétienne est un

élément très étrange de la manière générale de considérer une religion. Depuis les mouvements dissidents et opposés aux papes, tels que les Églises orientales, orthodoxes, luthériens, calvinistes, etc., on a commencé à abandonner cette façon chrétienne de gérer la religion sans toutefois adopter la façon non chrétienne.

Comment ces communautés chrétiennes réagissent-elles au problème récurrent de l'immigration? A première vue, la réponse doit être une attitude à bras ouverts, car ces réfugiés, chrétiens ou non, peuvent s'amalgamer sans problème. Cependant, nous pouvons voir que ce n'est pas ainsi qu'il faut réagir.

Les chrétiens non catholiques, forts dans leur communauté liée au sang, à la langue et à la religion, semblent accepter plus facilement ces étrangers. Parce que ce sont de vrais étrangers, qui ont une autre religion, une autre langue, même des habitudes culinaires différentes. Par conséquent, c'est l'huile et l'eau qui coexistent et ne se mélangent pas.

D'autre part, les catholiques n'ont pas ces protections de la langue, des gens, de la gastronomie et de la religion. Ainsi, l'arrivée massive de la population fait paniquer les familles. Certains cas sont peut-être passés inaperçus. Les catholiques ne sont pas liés par une seule langue, alors qu'importe une langue de plus? Ils ne sont pas liés par le sang, alors quoi d'autre est important? Les catholiques ne sont pas liés aux habitudes culinaires, alors en quoi une nouvelle façon de cuisiner est-elle importante? Ainsi, face à cette absence de mur, mais par crainte d'habitudes très différentes, d'une politique de recherche d'une grande autonomie, les catholiques oublient leurs traditions. Il faut défendre l'honneur des femmes, conserver leurs emplois et empêcher que le quartier ne soit partiellement aux mains des immigrants. Et ils sont contre l'immigration.

Printed in the United States
By Bookmasters